KB183335

한국 희곡 명작선 178

호랭이를 찾아서

한국 희곡 명작선 178

호랭이를 찾아서

최준호

평민사

죄준호

호랭이를 찾아서

등장인물

대별왕(남자/2,30대)
소별왕(남자/10대)
수명장자(남자/40대)
감독관(남자/소별과 동일 배우)
무명(남자/대별과 동일 배우)
인부(남자/30대)
천지왕(인형)
호랑이(인형)
학(인형)
표범(인형)

1장

세상은 어둠으로 가득하다.

그런 세상에 달 하나가 떠 지상을 영롱히 비춘다.

그 빛으로 태어난 생명이 나타난다.

반딧불이 반짝반짝 빛나며 풀 사이는 날아간다.

고양이는 반딧불의 빛을 보고 야옹야옹 신이 난다.

어디선가 날아온 학이 우아한 자태로 갈대밭에 선다.

나뭇가지에 매달린 부엉이는 부엉부엉 그윽한 울음.

이 정도면 충분한데….

깊은 어둠 속에서 악신, 수명장자가 등장한다.

수명장자   내 이름은 수명장자!

지구, 이 세상의 혼돈을 바라는 암흑신이지!

(관객들에게) 어이 너희들!

세상이 왜 따분한지 아냐?

균형이 맞춰져서야!

어둠만 있지 왜 빛이 있어?

남자만 있지 왜 여자가 있어?

태양만 있지 왜 달이 있어?

봐봐!

이 재미없는 따분한 균형!

자연은 그 자체로 균형을 이루어 재미가 없어!
그래서!
나 수명장자!
태초의 어둠!
혼돈에서 태어난 존재!
이 몸은 말이야!
세상을 재밌게 할 거다!
어떻게 재밌게 할 거냐고?
바로 균형을 깨뜨려서 재밌게 할 거야!

장자가 왼손을 올리자 달 하나가 더 떠오른다.
영혼까지 얼리는 추위로 고양이와 부엉이는 떨다 무대를 떠난다.
학은 슬픈 몸짓의 날갯짓하며 퇴장.
반딧불은 순식간에 얼어서 떨어진다.
그렇게 죽음만 가득한 추위….

수명장자 (낄낄) 봐봐! 뭐 하나 더 생기니까 균형이 깨지잖아?!
이렇게 재밌잖아!

잠시 뒤 두 개의 달이 지고 찬란하게 빛나는 태양이 뜬다.
태양을 얼어붙은 대지에 따스함을 불어넣어 생명을 잉태한다.
우아하게 꽃밭을 날아다니는 흰 나비.

깡총깡총 뛰는 토끼.

자연의 섭리로 그 토끼를 노리는 늑대.

그런 늑대를 노리는 표범.

이 정도면 충분한데….

수명장자 (짜증) 뭐야?! 낮도 균형이 잡히니까 재미없잖아?! 그
렇지?! 이대로 멈추면 아쉽잖아?

수명장자는 이어서 오른손을 올리자 태양 하나가 더 떠오른다.

불지옥을 방불하는 가공할 열기는 토끼와 늑대를 미라로 만
든다.

나비는 수분이 전부 빠져 가루가 되어 버린다.

표범의 날렵한 근육은 비쩍 말라 탈진한다.

너무 과해서 비어버린 세상.

수명장자 아주 재밌지?! 균형을 깨는 것이 세상 가장 재미난
거야!

천지왕 (목소리만) 내 이놈! 장자!

호랑이 어흥!

수명장자 (당황) 이 목소리는?!

인형으로 된 천지왕과 호랑이 등장.

천지왕은 위엄있는 천자복을 입고 구름을 타고 있다.

호랭이는 큰 덩치에 위엄있으나 얼굴에는 익살이 가득하다.

수명장자 천지왕과 그 애완동물인 산군?!

호랑이 (어이가 없어) 애완동물이라니! 동료야 동료! 콤비라고! 이놈아!

천지왕 네 이놈 장자!

천지왕의 호통과 함께 하늘에서 찬란한 빛이 내린다.

수명장자 (눈을 가리고) 아 눈부셔?!

천지왕 내가 지구! 이 세상! 이 자연을 만들 때! 과하지도 덜 하지도 않은 균형을 이루었거늘! 어찌 감히 그것을 흩트리는 것이냐!

수명장자 웃기지 마! 너무 재미없잖아! 재미없어서 내가 재밌 게 한 거야!

호랑이 (일갈) 어흥!

호랑이의 포효에 천지가 떠들썩하다.

수명장자 (귀를 막고) 시끄러! 이 고양이야!

호랑이 (열받아) 호랑이다!

천지왕 천지왕과 이름으로!

호랑이 산군의 이름으로!

천지왕 장자 네 녀석을 봉인하여!

호랑이 세상의 균형을 찾겠다!

수명장자 웃기지 마!

천지왕&호랑이 콤비와 수명장자의 격돌!

천지왕은 태풍과 불을 일으켜 둘을 공격한다.

천지왕의 그런 장자의 공격을 구름으로 막는다.

호랑이는 신비한 포효로 태풍과 불을 무력화시킨다.

수명장자 (겁을 먹어) 이 망할 것들! (울먹이며) 두고 보자!

천지왕 네 이놈! 뛰어봤자 이 천지왕의 손바닥 안이다!

호랑이 네 이놈! 뛰어봤자 이 호랑이의 손안…! (깨닫고) 아
니… 발바닥 안이다!

그런 세상에 대별왕 소별왕 형제 등장.

두 형제는 활과 화살을 들고 있다.

대별 (소별과 마주보며) 소별아! (각오를 하고) 지금이야! (결의
를 다지며) 아버지 천지왕과 산군이 장자를 몰아내는
이때!

소별 (끄덕이며) 예! 형님! (자신만만) 세상의 균형을 다시 만
들어요! 원래 태양은 하나!

대별 달도 하나!

형제가 등장하니 태양 두 개와 달 두 개가 뜬다.
동생인 소별왕 쪽에 두 개의 태양이 있다.
형은 대별왕 쪽에 두 개의 달이 있다.
대별이 해를, 소별이 달을 떨군다.
비로소 세상의 해와 달은 하나가 되었다.
다시 밤과 낮의 생명이 찾아온다.

대별   (기쁜 마음으로) 아우야! 세상에 균형을 맞췄어!

소별   심술쟁이 수명장자가 하나씩 더 만든 태양과 달!

대별   우리가 돌려놨지! 다시 생명이 싹틀 것이야!

소별   (절레절레) 에이 형님은 하나만 알고 둘은 몰라요?

대별   모른다니?

소별   (당돌하게) 균형을 유지할 사람이 있어야죠!

대별   이 자체로 충분하지 않니?

소별   왕이 있어야 하옵니다!

소별이 번쩍 활을 들자 태양은 찬란히 소별을 비춘다.

소별   왕이 세상을 관리할 때 평화가 와요! 늑대가 토끼를
마음대로 잡아먹으면 세상에 토끼가 사라지죠!

늑대가 토끼를 전부 사냥한다.

소별   토끼가 없는 세상에 늑대는 굶어 죽지요.

늑대는 쫄쫄 굶어 빈약한 울음.

소별   인간들은 닥치는 대로 사냥을 할 거예요!

표범은 그런 늑대를 안 봐주고 물어 죽인다.
뼈만 있는 늑대 시체를 들고 가는 퇴장하는 표범

대별   나는 모르겠어.

밤을 상징하는 생명도 호응한다.
학은 날개로 고양이를 귀엽게 쓰다듬는다.
고양이도 학이 좋아 학의 긴 다리에 볼을 비빈다.

대별   자연이 균형이고 평화야.
         더운 날에는 나무 그늘이 시원하게 해줘.

나비와 벌레, 꽃을 오가며 씨앗과 열매를 만발해.
반딧불이 빛을 내며 학 사이를 오간다.

대별   어두운 밤에는 반딧불이 갈 곳을 잃은 우리에게 빛
         을 밝혀.

부엉이가 날아와 학의 등에 사랑스럽게 앉는다.

대별   자연은 우리가 손을 대지 않아도 그 자체로 사랑을
        이루어.

학은 곁에 있는 생명과 사이좋게 어디론가 날아간다.

소별   듣기 좋은 소리지만 그건 말뿐! 그렇다고 자연을 그
        대로 두면 사람이 살 곳은 없어요. 땅을 개간해 농사
        를 짓지 않으면 아이들을 먹을 밥이 없어요. 가뭄을
        대비에 둑을 안 만들면 농지가 말라 굶어 죽죠. 누군
        가는 행동해야 미래로 갈 수 있어요.
대왕   너의 말도 일리가 있고 필요해. 하지만 세상은 인간
        만 있지 않음을 명심하렴.
소별   (짜증) 아 답답해!
대왕   그럼 수수께끼로 대결하자. 이기는 쪽이 바라는 세
        상을 만드는 거야.
소별   (흥미로운) 수수께끼? (자신만만) 뭐 좋죠! 보나마나 내
        가 이걸 거예요!
대별   (손으로 시늉) 첫 번째!

대별과 소별은 서로 코믹하면서 진지한 준비 자세를 취한다.

대별	(씨익) 어떤 나무가 주야 평생 이파리가 안 질까요?! 어떤 나무가 이파리가 질까요?!
소별	속이 여문 나무는 주야 평생 이파리가 안 지죠! 속이 빈 나무는 주야 평생 이파리가 집니다! (신이 나) 정답!
대별	(절레절레) 정답은 무슨?! 청대와 갈대는 마디마디가 비어도 이파리가 안 진다!

소별은 아쉽다는 듯 갸우뚱하며 한숨을 짓는다.

소별	이번에는 안 져요!
대별	과연 그럴까? 그럼 두 번째!

두 형제는 더욱 전투적으로 자세로 인한다.
지나치게 진지해 오히려 웃기다.

대별	어떤 일로 동산의 풀은 자라지 못하여 짧을까요? 구렁의 풀은 잘 자라 길어질까요?
소별	이삼사월 봄에 비가 오면서 동산의 흙이 구렁으로 가죠! 동산의 풀은 짧고 구렁의 풀은 키가 큽니다!

소별은 확신에 찬 듯 콩콩거리며 온몸으로 승리를 취한다.
주 야단법석이다.

대별   (낄낄) 땡~!

소별   (펄쩍 뛰며) 동생아, 모르는 말 하지 마라! 그러면 왜
       사람의 머리는 길고 발등의 털은 짧으냐?!

대별   (인정하지 않을 수 없어) 아 맞다!

소별은 의기소침해 축 늘어져 주저앉는다.
대별은 그런 동생이 귀여워 머리를 쓰다듬는다.

대별   그런 이 자연은 그대로….

소별   (자르며) 잠깐!

소별이 너무 크게 소리를 질러 대별은 양 귀를 잠시 부여잡
는다.

대별   아 시끄러! 또 뭐야?!

소별   어찌 고작 수수께끼만으로 세상을 정해요?!

대별   그럼?

소별   이 지구를 다스리는 아버지 천지왕께서 주신 임무가
       있지 않습니까?! 아버지가 주신 꽃을 누가 잘 키우
       나! 꽃을 키우는 마음에서 후계자의 착한 마음씨를
       볼 수 있다고 했지요!

대별   (이마에 손을 치며) 아 그렇지?!

소별   (반대편을 바라보며) 여봐라!

표범이 화분 하나를 들고 온다.

민들레, 찔레, 무궁화 등 우리 꽃들이 조화를 이루며 아름답게
펴있다.

소별   (으쓱) 보세요! 내가 키운 꽃이에요!

대별   (당황하면서도 장한) 대단하구나! 검소하면서도 누추하
            지 않아! 화려하면서도 사치스럽지 않고!

소별   이게 동생의 착한 마음입니다! (씨익) 형님 꽃은 어떤
            가요?

대별   (반대편을 바라보며) 부탁해요!

학이 화분을 들고 등장.

튤립, 수국, 카네이션 등, 화려한 외국 꽃이 가득!

화려하기만 할 뿐 이리저리 흐트러져 너저분하다.

무엇보다 외향만 신경 쓰고 물을 안 줘서 그런지 시들었다.

대별   (놀라) 아니?!

소별   (낄낄) 보세요! 좋은 말만 하더니 형님이라 말로 착한
            마음이 없네요! 꽃을 이렇게 성의 없이 키우다니 실
            망이에요!

대별   (이해를 할 수 없어) 내가 키운 꽃이 정말 이게 맞나?

소별   (무언가 겁에 질린 듯 당황) 인정조차 안 하시는 겁니까?

소별과 표범은 함께 신이나 어깨동무를 한다.
대별 미소와 함께 학의 등을 살포시 두드린다.

대별 (미소) 아니다! 내가 졌어, 동생아!

소별 만세!

소별을 표범은 함께 만세를 하며 펄쩍펄쩍.
한 소동이 끝나자 대별을 소멸을 안아준다.

대별 (애정어린) 축하해. 너는 늘 계획하지. 분명 잘할 거라 믿어.

소별 당연하죠!

대별 (의미심장) 하지만 명심하렴.

소별 (귀찮아) 무슨 명심이요?

대별 세상은 인간만 사는 것이 아니야. 인간이 살아가는 세상을 만들어 가는 것도 중요해. 더 중요한 것은 모든 자연이 함께 살아가는 별이 되어야 해!

소별 (할 말은 많지만 일단) 뭐… 예 알겠어요! 함께 사는 지구! 제가 만들겠습니다!

대별 고맙다! 이제 가마! 가까운 시일이 다시 보자!

소별 가까운 시일이면?

사이.

대별 (곰곰이) 한… 3천 년?

소별 아니 그렇게 빨리 본다고요?

대별 (머리를 긁적이며) 너무 짧나? 허기사 우리는 영원히 사니까….

소별 그동안 뭐 하실 거예요?

대별 인간 세상을 돌아다니게!

소별 엥!? 제가 관리할 건데요?!

대별 유희야, 유희! 그냥 이 세상을 여행하면서 배우고 싶어!

소별 다스리지도 않는데 뭔 쓸모없는 짓을 해요?

대별 (웃음) 그러게 말이다. 서로 갈 길을 가다 보면 언젠가는 다시 만나겠지?

소별 (씨익) 그때 봐요! 형님!

대별 그래!

무대를 떠나는 대별과 학.

학은 무언가 말하려 하지만 대별은 다 안다는 듯이 됐다고 한다.

그렇게 퇴장하는 둘.

소별 (표범에게) 잘했어!

하이파이브하는 둘.

소별   형님 화분이랑 잘 바꿔치기했어.

주머니에서 소시지를 꺼내 표범에게 준다.
표범은 그것을 넙죽 받아먹는다.

소별   들키지 않았겠지? (한숨) 난 왜 꽃을 피우는 것도 이
럴까? 비싼 꽃들만 잔뜩 준비했는데….

소별의 말에 그럴 리가 없다며 절레절레하는 표범.

소별   (관객을 바라보며) 함께 사는 세상? 바지에 똥 싸고 안
갈아입는 소리 하고 있네! 인간이 만드는데 인간 중
심인 세상이 되어야지!

표범은 그런 소별을 순식간에 등에 태우고 무대를 이리저리
돈다.

소별   (양손을 치켜들며) 할 수 있다! 인간만이 사는 세상! 만
들 수 있다!

그렇게 표범 등에 업혀 선언하는 소별.
그런 그의 표정에는 불안감이 잔뜩 깃들어 있다.

2장

세월이 흘러 현대 벌목장.

숲의 나무를 벌목해 차량에 나르는 인부.

그것을 총괄하는 감독관.

감독은 소별과 같은 배우다.

인부 (목재 실으며) 감독님! 여기서 벌목은 불법 아니에요?!

감독관 무슨 소리?! 아직 유네스코에서 지정하기 전이야! 지금 빨리 해야지!

인부 (나머지 목재를 나르며) 그렇죠? 맞는 말씀! 최고급 목재를 대기업 가구회사에 팔자!

그렇게 열심히 지구를 파괴하는 사이

무대 중앙에 거대한 연기가 터진다.

인부 (놀라서 차를 빵빵) 뭐!? 뭐야! (차안에서 콜록거리며) 무슨 일이야?!

감독관 폭탄 소리?! 환경단체에서 테러한 거 아니야?

연기 속에서 수명장자가 부활한다.

수명장자 (감개무량) 내가 돌아왔도다!

감독관 (무언가 아는 듯) 네 녀석은…!

인부 돌아와?

수명장자는 세 명을 뿌리치고 관객을 바라보며 외친다.

수명장자 내 이름은 수명장자! 태초의 암흑신이다!

인부 암흑?! 신?! 갓?!

감독관 (혀를 차며) 놀고 있네. 욕심만 많은 악귀지!

수명장자 드디어 복수의 날이…!

순간, 수명장자와 감독관의 눈이 마주치고 서로 멍하니 바라본다.

수명장자 너… 소별왕 아니야?!

감독관 (헛기침) 무슨 소리신지?!

인부 감독님 아는 사람인가요?

감독관 (도리도리) 사람 잘못 봤습니다!

수명장자 (갸웃) 형은 어디 갔어? 네가 왜 지구를 파괴해?

감독관 거참! 사람 잘못봤다니까 그러네!

수명장자 잘못 보긴 뭘 잘못 봐!

수명장자가 손을 확 뻗자 우레와 같은 천둥이 친다.

인부　(혼배백산) 뭐… 뭐야?! (두려워) 일기예보에 오늘 화창하다고 했는데?!

감독관　현혹되지 말아! 반은 맞고 반이 틀리는 것이 기상청이야!

수명장자　(같잖은) 이래도 안 믿어? 독하다! 독해! 그럼 이건 어떠냐?!

　　　　수명장자가 큰 동장을 두 손을 이리저리 흔든다.
　　　　순간 강력한 태풍이 분다.
　　　　태풍의 바람은 수명장자가 흔드는 방향대로 간다.

인부　(차 바퀴를 잡고) 날아간다!

감독관　(벌목하려던 나무를 부여잡고) 나무님! 잘못했소잉! 내를 살려 주시오!

　　　　머리가 좋은 감독관은 오직 수명장자만 부동자세인 것을 확인한다.
　　　　수명장자의 한쪽 다리를 부여잡는 감독관, 과연! 끄떡없다!

수명장자　(가소롭게 감독관을 보며) 민쑵니꽈!

감독관　민쑵니다!

　　　　수명장자가 핑거스냅을 한 번 하자 자연재해가 멈춘다.

수명장자 (다시) 믿씁니꽈!

모두 수명장자 앞에 나란히 절을 한다.

감독관&인부 믿씁니다!

수명장자 좋은 태도다!

감독관 (눈치를 보다) 근데 어찌 이런 누추한 곳에!

수명장자 나의 추종자인 너희들이 나를 부활시켰기 때문이다!

사이.

인부 (영문을 모르는) 우리가? 당신을?

감독관 댁이 누군지도 모르는데?

수명장자 이 멍청한 것들아!

아까보다 훨씬 큰 벼락소리가 한번 딱! 제대로 친다.

감독관&인부 (비굴) 고정하시옵소서!

수명장자 너희들이 하는 것이 자는 추종하는 것이야!

인부 우리가? 무엇을?!

감독관 혹시 숲에 나무를 자른 거?

수명장자 맞다! 지구를 파괴하는 일! 그거 자체가 날 추종하는
것이다!

감독관　오잉?! 그렇게 되는 것입니꽈?

　　　　　수명장자는 다시 셋을 뿌리치고 관객에게 일갈한다.

수명장자　나는 본디 혼란과 공포의 악신이었다!
　　　　　세상 모든 것을 독차지하는 것이 꿈이지!
　　　　　그걸 눈 뜨고 못 본 창조주 천지왕이 날 봉인하였다!
　　　　　내가 세상을 괴롭히려고 하나씩 더 만든 해와 달!
　　　　　천지왕의 자식들인 대별왕과!
　　　　　(감독관을 가리키며) 너! 소별왕이 떨어뜨렸지!

감독관　(모르는 척) 뭔 소리인지? 그리고 각각 하나만 있는 게
　　　　　좋은 거 아닌가요?

인부　　맞아! 태양이 두 개면 너무 덥고!

감독관　(끄덕이며) 맞지! 달이 두 개면 너무 춥지!

수명장자　닥쳐라! 격노한 수명장자가 다시 태풍을 일으킨다.

　　　　　아까보다 더 강력한 태풍! 벌목 일동은 전부 수명장자를 부여
　　　　　잡는다!

수명장자　지구를 파괴해서 세상을 더 춥고 더 덥게 하는 것들
　　　　　이! 도긴개긴이 이 몸에게 할 말인가?!

감독관&인부　(겁에 질려) 잘못했쓉니다!

수명장자　민쏩니꽈!

감독관&인부 믿쑵니다!

이제야 태풍을 멈추는 수명장자.

수명장자 나는 천지왕과 그 자식들에게 당한 수모를 잊을 수 없다! 반드시! 아주 반드시! 복수할 것이다!
인부 (덩달아) 아주 처절하게! (기합을 주고) 아주 고통스럽게!
감독관 (어이가 없어) 야 너까지 왜 그러냐?! (황급히) 어휴 난 간다!

급히 퇴장하려는 감독관을 태풍으로 다시 돌아오게 하는 수명장자.

수명장자 어디 가시나? (씨익) 믿는다고 하지 않았어?
감독관 믿죠?!
수명장자 근데?!
감독관 믿는 거랑 장자님을 따르는 거랑은 다르죠! 전 바빠서 이만!

다시 퇴장하려는 감독관을 또 다시 태풍을 잡고 수명장자.

수명장자 내 이미 수천 년 전에 다 들었어! 네 형, 대별이랑 갈라섰다며?!

26

감독관   (아닌 척) 무슨 말씀인지…?

수명장자   (어깨동무하며) 솔직해져 봐. 지금 네가 하는 일, 인간이 중심이 되는 세상을 원해서잖아?! 나도 마찬가지야! 지구를 적당히 파괴해야 인간이 잘 산다고!

감독관   진짜로?

수명장자   그럼!

수명장자가 한 번 손짓하자 남은 나무들이 깔끔하게 잘린다.

감독관   (전율) 와….

수명장자   넌 틀리지 않았어! 인간들을 행복하게 하려고 하는 일이잖아?! 내 힘과 너희 기술이 함께 하면 언제든지 천국을 만들 수 있단다!

감독관   (흔들려) 하지만 과거에 당신과….

수명장자   (능글맞게) 에이… 과거는 잊었지! 미래를 위해! 인간을 위해! 함께 이 땅에 천국을 만들자고!

인부   (장자의 힘을 보고) 감독님! 장자님과 함께 하면 우리 사업! 아주 대박입니다!

사이.

감독관   (결심 후 경례) 인간을 행복하게 할 수 있다면 당신을 모시겠습니다!

수명장자 (흡족한) 좋았어!

벌목 일동 일렬로 경례.

감독관&인부 (군인처럼) 충! 성!

수명장자 가라?! 나의 충성스런 수하들아!

뭔 임무를 맡았는지 모르지만 각자 임무를 위해 퇴장하는 일동.

수명장자 (담대하고 당당하게) 기다려라! 천지왕! 대별왕! 내 필시 힘을 찾아 너희들과 마주하리라!

그리고 바로 궁색하게 총총 걸어가며 무대를 나간다.

수명장자 (초라함과 귀여움이 혼재) 그전까지는 숨어야지!

수명장자 퇴장.

3장

무대 배경이 바뀌어 나무 하나 없는 황량한 민둥산.

현대 풍수지리학자 무명은 수맥 탐지기를 들고 수맥을 찾는다.
무명의 배우는 대벌과 같다.
쫄쫄 굶을 무명, 수맥 탐지는커녕 밥도 물고 못 먹었다.
비쩍 말라 쫄쫄 굶어 쓰러지기 직전에도 탐지기를 놓지 않는다.

무명   (코믹하면서 비참하게) 수맥은 개뿔… 물… 먹을 거….

주저앉는다.
쓰러지는 와중에도 탐지기 놓지 않는다.

무명   (본능 그 자체) 엄… 엄마가 보고싶다.

목재를 차를 타고 가는 인부 등장.
무명을 보고 차를 세운다.

무명   (신기루) 엄… 마!
인부   (어이가 없어) 잉? 내가 왜 엄마야? 당신 엄마는 남자요?
무명   죄… 죄송합니다.
인부   꼴이 말이 아니구만! (안쓰러워) 물이라도 마셔!

인부는 차에서 내려 물이 든 페트병을 무명에게 준다.
보자마자 바로 잡고 벌컥벌컥 마시는 무명.

무명   감사합니다!

인부   (머리를 긁적이며) 감사는 무슨….

무명   물만 마시기는 아쉬운데 과일은 없나요?

인부   (당황) 떡 줬는데 고기도 달라 하네? (어이가 없어) 여기 과일, 물이 어딨어요? 다 벌목해서 나무도 없는 마당에? 나무가 있어야 과일이 열리지! 나무가 잘리니 샘도 말라 물도 없어요!

무명   나무는 당신 차에 잔뜩 있잖아?

인부   (씨익) 내가 다 잘랐지!

무명   (분노하여) 당신이구만!

    무명은 탐지기를 놓고 인부의 멱살을 잡는다.

인부   뭐… 뭐야!?

무명   당신 때문에 이 땅에 수맥이 다 말랐어! 나무가 없으면 과일도 물도 없는 걸 아는 양반이?! 어떻게 그럴 수 있어?!

인부   (화가 나) 너 뭐야?

무명   풍수지리학자, 무명이다! 이 환경 파괴꾼아!

인부   (격노) 풍수는 개뿔!

    무명을 패대기치는 인부.

인부   나는 벌목이 직업이야! 이걸로 돈을 벌어!

무명   그것 때문에 지구가 망가지잖아!

인부   지구?! (혀를 차며) 사람이 살아야 지구가 의미가 있지! 인간이 지구를 관리해야 환경도 있는 거야! 인간이 만드는 세상인데 인간이 중심이 돼야지!

사이.

무명   (그리운) 방금 그 말… 어디서 많이 들은 말인데… 수천 년 전에 들은 것 같아….

인부   (학을 떼며) 딱 봐도 젊어 보이는데 뭔 수천 년을 살아? (배신감) 하여간 미친 인간한테 물을 준 내가 바보지!

다시 차를 타는 인부.

인부   날이 더우니 미친 사람을 보지 않나… 요즘같은 시대에 호랑이가 출몰하지 않나 참….

무명   호… 호랑이!

인부   (귀찮지만 조금 걱정은 되어) 거 빨리 살던 곳으로 돌아가요! 여긴 죽음뿐이야!

인부는 시동을 건다.

무명   (다급하게) 자… 잠시만!

운전해서 퇴장하는 인부.

무명   이렇게 죽는 건가?

점점 말라서 죽어가는 무명.
급기야 쓰러진다.

무명   (대낮인데) 별이… 보인다!
호랑이   (노래/목소리만)
       얼씨구나! 어흥!
       속삭임이 흐르는 나무!
       절씨구나! 어흥!
       나는 숲의 보호자!
       (화난 노래) 어기어차! 어흥!

무명   이 소리는?!

어마어마한 덩치와 포스의 호랑이 등장.

무명   호랑이?!
호랑이   (계속 노래) 그럼 뭐해?! 나무가 전부 잘렸는데!

숲의 보호자인데 숲이 없네!
김치 없는 김치볶음밥이네!
된장 없는 된장찌개네!
어흥! 어흥! 어흥!
대체 난 무엇을 위해 싸웠나!
무엇을 위해 이 지구를 지켰나!
어흥! 어흥! 어흥!

무명　(자포자기) 이젠 힘도 없어! 그냥 날 잡수셔….

호랑이는 무명에게 뭔가를 던진다.
붉은 색에 먹음직스러운 그것.

호랑이　옛다!
무명　(부여잡고) 뭐… 뭐요!
호랑이　곶감!

허겁지겁 먹는 무명.

무명　(이제야 깨닫고) 근데 어떻게 호랑이가 말을?!
호랑이　(고압적) 인간이?! (한 손을 확 치켜들고) 감히 말대꾸?
무명　(수구리) 아닙니다!

두려움도 잊고 계속 곶감을 먹는 무명.
한심스럽게 바라보는 호랑이.

무명   (이제야 다 먹고) 감사합니… (호랑이를 알아보고) 산군님!?
호랑이 날 아냐?
무명   저 대별입니다!
호랑이 이럴 수가! (기뻐서) 어흥!
무명   (기뻐서) 야옹!

사이.

호랑이 고양이가 아니라 호랑이다!
무명   장난입니다!

4장

호랑이의 집.
숲으로 만든 막집인데 그럴싸하다.
호랑이는 누워 곰방대를 빨고 있다.
무명을 무릎을 꿇고 호랑이를 모신다.

무명   그러니까 다시 수명장자가 부활했다고요?! 그래서 세상이 점점 이렇게 메말랐고… (어이가 없어) 그동안 산군님 뭐 하셨어요?!

호랑이 (곰방대 담배를 피며) 놀았지. 내 알 바냐? 이제 지키는 거! 균형 맞추는 거! 안 할란다! 어홍!

무명 수명장자는 이대로 두고요?

호랑이 한번은 싸웠어!

상황 재현, 시공간을 초월한 수명장자 등장, 호랑이와 대치한다.

호랑이 네 이놈! 수명장자! 나와 천지왕에게 그렇게 혼났거늘! 또 나와서 세상을 망치느냐?!

수명장자 재미없는 세상! 아주 재밌게 만들어야지!

태풍을 만드는 수명장자.

수명장자 아직 힘을 다 찾지 못해 불을 만들 수 없지만! 이걸로도 네 녀석은 충분하다!

호랑이 (피식) 충분은 무슨 어홍!

그때처럼 신비한 포효를 쓰지만 어째 힘이 없다.

호랑이 뭐지?!

수명장자　너희가 지키려는 인간이 이미 균형을 깨뜨렸으니까! 나의 포효도 균형이 깨졌다!

호랑이　(허탈) 이럴 수가!

수명장자　가랏! 토네이도!

태풍이 덮치고 호랑이는 날아간다!

수명장자　더 이상 승부는 의미 없군! 힘없는 고양이로 평생을 살아라!

수명장자 퇴장.

무명　(안타까워) 그렇게 되었군요.

호랑이　(몸을 털며 다시 자리 잡고) 이제 다 끝났어. 장자와 싸움으로 상처를 입었지만… (아무렴) 내 힘을 뺏을 건 수명장자가 아니야. 인간이야! (화나서) 인간! 천지왕께서는 성역인 지구에 개입을 안 하시니 나도 관심 끌란다!

순간 무명 곁에 놓은 수맥 탐지기에서 탐지 경보가 들린다.

무명　어라?!

탐지기를 들고 여기저기 탐지하는 무명.

무명   안 잡혀?!

호랑이   그게 뭐야?

무명   생명의 물을 탐지하는 기계입니다! 저는 인간 세계에 남아 무명이란 이름으로 수맥을 찾고 있어요!

호랑이   (신기하여) 별 걸 다하네?

여기저기 해도 경보음만 들릴 뿐 수맥은 안 잡힌다.

호랑이   (쯔쯔) 애쓴다.

무명   (뭔가 깨닫고) 설마?!

호랑이 쪽으로 탐지기를 가리키니 아주 요동을 치는 탐지기.

무명   산군님?!

호랑이   (팔짱을 끼며) 그래! 나는 숲속의 신, 산군! 생명의 물을 다스리지!

무명을 호랑이에게 넙죽 엎드린다.

무명   산군님! 아직 힘이 있어요! 제발 도와주소서!

호랑이   (어이가 없어) 뭘 도와줘?

무명　물이 없고 과일도 없고 생명이 죽어갑니다! 신인 당
　　　신이라면 분명…!

호랑이　(끄덕) 숲을 원래대로 만들 수 있지.

무명　그럼 다시 그렇게 만들어주세…!

호랑이　(자르며) 시끄러!

사이.

무명　머저리요?!

호랑이　내가 왜 너희들을 도와야 하냐? 인간은 숲의 나무를
　　　잘라 이곳을 죽음의 땅으로 만들었어! 만족할 줄 모
　　　르는 탐욕으로 자연을 파괴했지! 그래서 힘도 옛날
　　　만 못해! 장가는 그저 거들었을 뿐이야! 내 힘을 빼
　　　앗은 건 인간들이다!

무명　(할 말 없어) 그건….

호랑이　할 말 있으면 말해봐라!

무대 뒤에 다른 시공간.
수명장자의 명을 듣고 벌목하는 벌목 일동.

인부　(나무를 자르며) 다 잘랐습니다!

수명장자　(임금 어투) 잘했도다!

감독관　(전부 체킹) 수량 확인했습니다!

수명장자 훌륭하도다!

감독관 도시로 보내겠습니다!

수명장자 장하도다!

빠르고 정확하게 벌목하고 퇴장하는 장자와 벌목 콤비.

그것은 다른 시공간에서 멍하니 보는 무명과 호랑이.

호랑이 (혀를 차며) 이런데 도와달라?

무명은 번쩍 일어난다.

무명 호랑이시여!

호랑이 (고압적으로) 앉아 임마.

쫄아서 바로 앉는 무명.

무명 (의기소침) 죄송합니다. (다시 용기를 내어) 당신의 분노는
이해하지만 내 말을 들어보세요! 지금이야 호랑이가
인간의 괴롭힘을 받지만 옛날에는 인간이 호랑이를
도와준 적도 많았어요!

호랑이 (시큰둥) 언제?

무명 그것은…!

호랑이 거짓말이면 알지?

무명   (초긴장) 옛썰! 옛날 어느 마을! 나쁜 인간의 사냥으로 힘든 호랑이에게 착한 인간이 찾아왔죠!

호랑이   (피식) 인간이 착해?

무명   (무시) 그 인간은 호랑이를 돕기로 결정했고! 둘은 나쁜 사냥꾼에게 잊지 못할 공포를 줍니다!

호랑이   그게 뭐야?

무명   (장난꾸러기처럼 웃으며) 말씀드리자면….

다른 시공간.
1장에 나왔던 표범이 사냥꾼에게 도망친다.
사냥꾼 배우는 수명장자다.

호랑이   (시공간을 초월해) 야 쟤는 표범이잖아.

무명   (억지) 같은 고양이과입니다!

호랑이   (잘 넘어가는) 뭐 그렇지.

무명   그 순간!

소별 배우가 하얀 상복 피칠갑 귀신 분장을 하고 등장한다.

귀신   (사냥꾼에게) 내 다리 내놔!

호랑이   (시공간 초월) 다리 두 짝 다 있잖아?

무명   아 착각했습니다.

호랑이   (무명에게) 장난하냐?

귀신   (헛기침 좀 하며) 빨간 휴지 줄까? 파랑 휴지 줄까?

사냥꾼   (우람한 덩치와 달리 겁먹고) 엄마! 아빠! 할아버지! 할머니! 삼촌…

호랑이   (자르며) 그만해.

무명   컷!

사냥꾼   (급히 수정, 양손 들고) 사람 살려!

도망가는 사냥꾼.

안심하는 표범.

그런 표범을 쓰다듬는 귀신.

표범   무서웠어… (뭉클) 인간아… 고마워!

귀신   우리 강아쥐~!

표범   (정색) 표범인데?

귀신   (표범 뒤통수를 살짝 치며) 이게 구해줬더니 어디서?!

호랑이   (어이없어) 얼씨구?!

표범   (귀신에게 어쩔 수 없이) 멍멍!

귀신   밥 먹자! 우리 강아지!

갈 길 가는 귀신과 표범.

표범   귀신 분장은 어디서 했어?

귀신   (자부심) 분장일 좀 했지!

표범 (신이나) 우와 멋지다!

퇴장하는 의형제.
흐뭇하게 바라보는 무명과 호랑이.

호랑이 (나름 만족하여) 뭐 들었던 것 같기도….
무명 (기뻐) 그렇죠?!
호랑이 옛날 인간 노파가 호랑이가 곶감 좋아해 준 감동 실화도 있으니까.
무명 (가우뚱) 뭔가 원래 이야기랑은 다른 것 같은데요?
호랑이 자꾸 말대꾸네 이거?
무명 아닙니다.
호랑이 (씨익) 나름 재밌었다.

번쩍 일어나는 호랑이.

무명 호랑이가!? (경악) 두 발로?!
호랑이 (저기압) 또 말대꾸?!
무명 (일어나 충성) 아닙니다!
호랑이 가자~!

우렁찬 어흥!

무명　　어딜 가십니까?

호랑이　세상을 구하러! 너희 아버지와의 의리를 지켜야지!

무명　　(감동하여) 산군님!

호랑이　(애틋한) 이것도 천지왕의 뜻일까?

무명　　(웃음) 지구의 뜻입니다!

호랑이　(대견한) 생명의 고리를 거쳐 이렇게 만나네.

무명　　우리 다시 세상을 구해보죠!

호랑이　그 전에 찾아야 할 것이 있어.

무명　　뭐죠?

호랑이　(포즈잡고) 이름하여!

무대에 울리는 우리 가락 피리 소리.

호랑이　만파식적!

사이.

무명　　고기산적?

호랑이　(한숨) 음식이 아니라 피리야!

무명　　갑자기 피리는 왜요?

호랑이　이 땅의 신들이 아직 인간과 함께였던 신라 시절! 천
　　　　　지왕께서 이런 날에 대비하여 자연의 힘을 그 피리
　　　　　에 넣었지. (추억하며) 알고 계셨던 거야 이런 날이 올

것을… 원래는 내가 간직하고 있었지. 수명장자가 나를 쓰러뜨리고 내 집에 있는 걸 가져갔어.

무명 (걱정) 그럼 그 힘을 수명장자가!

호랑이 (절레절레) 장자는 파괴의 신이라 자연의 힘을 쓸 수 없어. 그저 무서워서 숨겨만 둘 뿐! 만파식적을 찾아서 난 그 가락을 싸울 거야! 자연의 소리! 우리의 가락!

무명 할 수 있을까요?

호랑이 그럼! 할 수 있고말고! 우린 수 천 년의 동지니까!

무명 맞습니다! 지구를, 이 세상을 구하러 가죠!

호랑이 어흥!

둘은 나름 멋지고 귀여운 포즈를 한 뒤 퇴장.

5장

벌목 현장.
여전히 수명장자는 벌목 일동을 시켜 지구를 파괴하기 바쁘다.

감독관 (체킹하며) 전부 잘랐습니다!

수명장자 웃음이 만발하도다 ! 이렇게 지구가 파괴되면 될수록! 나의 힘들 강해지리라! 두고봐라 천지왕과 아들 둘! 얼마 남지 않았도다!

수명장자의 악독한 웃음.

슬금슬금 호랑이와 무명이 숨어들어온다!

호랑이와 무명은 두리번거리다 나무 창살에 있는 만파식적을 발견.

무명 찾았다!

호랑이 조용!

그런 와중에 수명장자와 그 아이들은 벌목에 열중.

수명장자 (임금 어투) 어찌 되어 가는고?

인부 (차량으로 운반) 다 옮겼습니다!

수명장자 그러하도다!

감독관 도시로 보내겠습니다!

수명장자 얼마 안 남았도다!

장자팀이 신경 못 쓰는 사이 창살까지 접근하는 호랑이와 무명.

무명 근데 이 창살을 어떻게?

호랑이 이 정도는 나에게 맡겨!

완력을 동반한 날카로운 발톱으로 창살을 부수는 호랑이.

무명   (신이나) 이제 장자를 이길 수 있어요!

사이.

호랑이   (진지하게) 할 말이 있어.

무명   (사뭇 다른 분위기에 놀라) 할 말이요?

호랑이   만파식적의 힘은 너무 강해 약해진 내가 감당할 수 없을지도 몰라. 내가 이 피리를 잡는 순간 죽을 수도 있어.

무명   (당황) 그런 말씀 하지 마세요! 당신이 없으면!

호랑이   (자르며) 너희가 있어! 너희 인간들이 지구를 살리는 거야.

무명   고작 나 혼자의 힘으로는 무리에요!

호랑이   (웃음) 소별이 있잖아.

무명   헤어졌습니다.

호랑이   생명의 고리가 너희를 곧 만나게 할 거야.

무명   (울먹이며) 산군님….

호랑이는 양 앞발로 무명의 어깨를 잡아준다.

호랑이   (따스하게) 명심해! 세상을 망치는 것도 사람이지만! 세상을 구하는 것도 인간이야! 너희 인간이 뭉치면! 반드시 이 지구를 푸르게 만들 수 있어!

무명	저는 이제 인간이 되어 버려 영원히 살 수 없어요. 살아있는 동안 그런 큰일을 할 수 없을지도 몰라요.
호랑이	네가 살아있을 때 이루지 못해도 좋아.
무명	그럼 누가 그것을 이루죠?

사이.

호랑이	다른 누군가다!

바람 소리, 물소리, 풀벌레 소리….
자연의 오묘한 소리가 들린다.

무명	(뭉클하여) 예! 산군님! 반드시 이어 갈게요!
호랑이	고맙다!

호랑이는 각오하고 만파식적을 만진다.
엄청난 힘이 호랑이를 깃든다.
호랑이는 그것을 버거워한다.

무명	산군님!
호랑이	(무명에게 희미한 미소) 괜찮아… 너희들이 있으니까….

순간 호랑이를 제외한 모든 것이 멈춘다.

호랑이   (놀라서) 이건?

구름을 타고 온 천지왕 인형 등장.

호랑이   천지왕님?

천지왕   (웃으며) 오랜만이구나.

호랑이   인간 세상에 개입하지 않는 당신이 보이다니… 나는
결국 죽었네요.

천지왕   아니야. 넌 이겨냈어.

호랑이   이겨냈다고요?

천지왕   만파식적을 잡을 자격은 힘이 아니란다.

호랑이   그럼요?

천지왕   마음이지.

사이.

호랑이   (애뜻한) 마음….

천지왕   한때 너와 내가 함께 장자와 싸워 지구를 구한 마음.
서로를 믿는 마음, 그게 진정한 힘이야. 부활한 수명
장자에게 네가 졌던 것도 같아. 신들이 아닌 인간을
믿지 않던 너의 마음 때문이지. 이제야 자연의 신인
내가 인간을 믿게 되었구나.

호랑이   (끄덕이며) 인간은 강해요. 쓰러지는 걸 통해 일어서는

법을 배우는 존재들이죠. 이 못난 호랑이가 이제야 알았습니다.

천지왕 (미소) 부탁한다! 내 자식들! 인간과 자연이 함께 살아라!

호랑이 (슬픈) 이제 영영 이별인가요?

천지왕 아니! 항상 너희들의 마음속에 함께 있어!

호랑이 (감동) 예 영원히 함께 입니다!

천지왕 퇴장. 시공간이 원래대로 돌아간다.
자연의 색깔이 조명을 이루어 호랑이에게 집중된다.
자연의 소리도 음향을 이루어 호랑이에게 깃든다.

무명 (기뻐서) 산군님!

호랑이 자! 이제 지구를, 세상을, 자연을 구하자!

무명 예 우리가 함께 구해요!

장자와 아들 앞에 마주하는 호랑이와 무명.

무명 지구를 파괴하는 너희들!

호랑이 정의의 이름으로 널!

무명 용서하지 않겠다!

썰렁한 바람 소리.

인부   (놀람) 호랑이가?! (전율) 두 발로 걸어?

감독관   (공포) 아니 그것보다 호랑이가!

수명장자 (경악) 말을 한다고?!

수명장자 앞을 당당하게 마주하는 호랑이.
서로 멍하니 바라보는 무명과 감독관.

무명   (감독관 보고) 어디서 봤는데….

감독관   (뭔가 알 것도 같은) 나도 당신을 어디서 많이 봤는데….

인부   (무명을 알아보고) 미친 양반이 또 왔네? (감독관에게) 저
            인간 알아요?!

감독관   (아련한) 뭔가 그리운….

그런 와중에 호랑이와 장자는 결전에 임한다.

호랑이   (씨익 웃으며) 복수전이다!

수명장자 정신을 못 차렸군!

호랑이   그때의 내가 아니다!

수명장자 그럼 뭐?

촌발 날리는 민망한 포스.

호랑이   지상의 산을 관리하는 산의 신! 그 이름도 거룩한 산

군이지!

사이.

수명장자 (어이가 없어) 가소롭군! 천지왕의 애완동물!

호랑이 (당황) 아냐 또 애완동물?! (화가 나) 동료라고! 이 녀석아!

수명장자 이제 그만 둘 때가 되지 않았냐? 언제까지 날 방해할 셈이냐?

호랑이 (씨익) 영원히?

호랑이는 만파식적을 꺼낸다.

호랑이 준비는 끝났다!

수명장자 만파식적?! 그걸 어떻게 네가?

호랑이 진짜 싸움이 이제부터지!

수명장자 (애써 아닌 척) 홋홋 어차피 늦었다! 이제 내 완전한 힘을 되찾았으니까!

호랑이보다 몇 배는 민망한 포즈.

수명장자 악중 악! 칠흑 같은 어둠!
태초의 공포! 혼돈의 카오스!

호랑이   혼돈이 영어로 카오스야! 무식아!

수명장자 (못 들은 척 헛기침) 수명장자님이시다!

감독관   (무명을 보고 아련함에 빠지다) 내가 이럴 때가 아니지! (인부를 보고) 가자!

인부   (척하면 척) 갑시다!

벌목 일동의 응원.

인부   (두 손을 들고) 싸워라! (율동) 이겨라!

감독관   (함께) 우유 빛깔 장자님!

두 어른의 굉장히 귀여운 율동.

사이.

호랑이   (무명을 노려보며) 넌 안 하냐?!

무명   (임기응변) 가자~(귀엽게) 야옹~ 야수의 심장! 전사의 발톱! 라이온 하트!

호랑이   (한숨) 타이거야. (절레절레) 됐어. 전투 시작이닷!

수명장자 감히 나의 꿈을! 너희 둘을 내 복수의 제물로 바치겠다! 이 장자님의 완전한 힘을 보아라!

기존에 쓰던 번개와 태풍에 불 마법까지 함께 수명장자.

벌목 일동은 다시 나무, 차량 등 주변의 사물을 잡기 바쁘다.

감독관　(짜증) 아~! 또 이거야!

인부　(겁먹어) 무서워요~!

무명도 나무뿌리를 잡고 아등바등.

무명　(절박하게) 산군님! 자연이 외칩니다!

호랑이　(덩달아) 좋아! 함께 하자!

만파식적을 부는 호랑이와 그 가락을 따라 춤을 추는 무명.
춤은 호랑이인데 학춤에 가깝다.

호랑이　얼씨구야! (어룽차게) 어홍! 한때 아름다웠던 이 숲!
다시 만드세!

다시 피리부는 호랑이.
무명도 준비한 대금을 키며 가락.

무명　어기어차! 감사로 우뚝 서서, 서로 공존하는 마음!
그것은 자연일세!

벌목되었던 목재들이 다시 나무로 원상복구 된다.

수명장자 이… 이 힘은?!

계속 이어 피리와 대금을 동반한 노래를 부르는 둘.

호랑이 얼씨구야! 어흥!
우리 소중한 지구를 지키세!
이 자연을 보존하세!

호랑이는 다시 피리를 분다.
무명은 대금을 더욱 신명나게 킨다.

무명 어기어차!
함께 손을 잡자!
인간만이 아닌, 모두가 더불어 사는 곳!

수명장자 밑에 봉인의 결계 생성.

수명장자 (절규) 아… 안 돼!

사이.

감독관, 소별에게 찬란한 조명이 내린다.

감독관   (이제야 깨닫고) 이제 알겠어! 저건 형님이야! 형 말이 맞아! 자연을 함께 하는 거였어! 인간만의 자연은 죽음뿐이야!

인부   (덩달아) 맞아요! 우리는 만물과 대화해야 해요!

감독관과 인부는 무명과 호랑이 쪽에 붙어 함께 춤과 노래한다.

수명장자   (경멸) 이 배신자들아!

계속 연주와 춤, 노래하는 호랑이.
그렇게 함께 어우러진다.

호랑이   어흥! 강물은 자유롭게 흐르네.

무명   어이쿠야!

감독관   우리 가락!

인부   우리 자연!

무명과 감독관, 아니 대별과 소별을 함께 손을 잡는다.

대별   (동생을 보고) 산이 솟아 하늘에 닿고!

소별   (형을 보고) 그렇게 세상에 수를 놓았네!

호랑이   (기합을 넣고) 진짜 힘을 찾았어! 역시 우리 가락! 우리 자연이야!

완벽하게 결계가 쳐진다.
결국 봉인이 되어가는 수명장자.

수명장자 (절망하다 회심의 미소, 관객을 보며)
    잘 들어라!
    이것이 결코 끝이 아니야!
    너희들이 자연의 소중함을 모르고!
    환경을 다시 파괴할 때!
    나는 다시 돌아온다!

    봉인되어 사라지는 수명장자.

대별 (먹먹하게) 잘 있었니? 소별아?

소별 (울먹이며) 아니요. 인간이 중심인 세상을 만드려다 가… 아예 인간이 돼서 형을 잊었어요.

대별 나도 자연을 구하려다가 인간이 돼서 널 잊고 있었어.

소별 저는 세상을 병들게 했어요. (눈물이 터지며) 제가 틀렸어요!

    대별은 소별을 안아준다.

대별   (미소) 아니야 넌 틀리지 않았어!

소별   틀리지 않았다고요? (주변을 가리키며) 보렴!

형제는 주변을 바라본다.
세상은 온통 울창한 숲으로 가득하다.

무명   (감동하여) 푸르고 편안해요.

대별   우리가 만든 거야!

무명   (신기하여) 우리가?

대별   인간이 노력해야 세상이 변한다는 너의 말을 맞아! 세상을 망치는 것이 인간이라면! (미소) 세상을 고치는 것도 사람이야! 다만 인간만이 아닌 모두가 함께 사는 세상임을 잊으면 안 돼!

인부   (울먹이며) 뭐가 뭔지 모르겠지만! 눈물 없이는 볼 수 없는 순간!

형제는 호랑이에게 가서 엎드려 절을 하고 일어난다.

대별   당신 덕분입니다.

소별   산군님 때문에 제가 깨달았어요.

호랑이   (고개를 저으며) 그대들 신, 아니 인간이 반성하고 고치고자 하는 마음이 있었어. 나 혼자만의 힘으로는 안 돼! 인간들이 다시 환경을 더럽히고 오염시키면, 수명장자는 다시 세상에 나와 지구를 병들게 할 거야.
우리 모두가 지켜야 할 환경이지.

인부   맞습니다!

대별   함께 지켜야죠!

소별   함께 만들어 가야죠!

무명을 무대 중앙으로 힘차게 달려 어린이 관객들에게 외친다.

대별   여러분! 우리 자연! 우리 세상! 우리 지구! 다 함께
살아가는 이별! 함께 지킬 수 있죠?

어린이 관객   (다 함께 함성) 예!

인부   (관객들에게 일어나라 손짓) 그럼 함께 놀자!

소별   (힘차게) 함께 만들어 가요!

무대의 관객들도 일어난다.
호랑이와 무명의 가락에 맞추어 함께 노래와 춤을 춘다.

호랑이   얼씨구야! 어흥!
우리가 이 소중한 지구를 지키세!
함께 손을 잡고 서자!
자연의 땅을 보호하세!

다시 만파식적을 분다.

대별은 이에 맞춰 대금을 신명나게 킨다.

대별 (덩달아) 절씨구야!
이 사랑의 가락을 부르세!
어머니 지구를 위해!

소별과 인부는 전통과 현대가 어우러진 춤을 춘다.

소별 어절씨구!
마음을 모아 변화를 만들어 가자!
이 아름다운 세상을 지키자!

인부 함께 있어 행복하지!
함께 있어 자연이지!
함께 있어 지구지!
함께 있어 자연이지!

무대, 배우, 인형, 관객 모두 신명나게 조화를 이룬다.
마치 자연처럼, 모두가 함께 사는 지구처럼.

—막—

한국 희곡 명작선 178

호랭이를 찾아서

초판 1쇄 인쇄일   2024년 10월 16일
초판 1쇄 발행일   2024년 10월 25일

지 은 이   최준호
만 든 이   이정옥
만 든 곳   평민사
           서울시 은평구 수색로 340 〈202호〉
           전화 : 02) 375-8571 / 팩스 : 02) 375-8573
           http://blog.naver.com/pyung1976
           이메일   pyung1976@naver.com
등록번호   25100-2015-000102호
ISBN   978-89-7115-863-0   04800
           978-89-7115-663-6 (set)
정   가   8,000원

이 책은 사단법인 한국극작가협회가 한국문화예술위원회의
2024년 제7차 대한민국 극작엑스포 지원금을 받아 출간하였습니다.